La guerre de Troie n'aura pas lieu

FichesdeLecture.com

La guerre de Troie n'aura pas lieu (Fiche de lecture)

I. BIOGRAPHIE

Jean Giraudoux est dans la Haute-Vienne, à Bellac, en 1882. Il était le fils d'un percepteur des impôts. Après ses études au lycée, il entrera à l'École Normale Supérieure en 1903. À sa sortie, il entame une carrière diplomatique, mais tout en commençant à construire son œuvre littéraire. Il va écrire des essais, des critiques et des romans. Sa spécialité cependant deviendra le théâtre. En 1928 il écrit « Siegfried », « Amphitryon 39 » en 29 et « Intermezzo » en 33. Dès 1934 son œuvre va prendre des allures plus sombres à cause de la montée du nazisme en Allemagne et du fascisme en Italie. La révolte de Franco en Espagne ne va rien faire pour arranger cela ! En 1935 il écrit « La guerre de Troie n'aura pas lieu », « Electre » en 1937. En 1940 il démissionne de son poste de commissaire à l'Information et ne s'occupe plus que de littérature.

Il était un proche de l'acteur Louis Jouvet.

II. RÉSUMÉ

Nous sommes à Troie et, dès le début de la pièce, nous allons apprendre que Pâris a enlevé Hélène à son mari Ménélas, roi de Sparte. Hector revient à la tête de l'armée qu'il commandait et avec laquelle il a livré de très durs combats contre une ville voisine avant que de la détruire et d'avoir tué tous ses habitants tellement ils étaient cruels. Il ne pense qu'à une chose : fermer les grandes portes du temple de la guerre et se reposer.

Mais on lui annonce le rapt d'Hélène ainsi que l'arrivée d'une flotte grecque bien disposée à la reprendre. Cette flotte rassemble les plus grands rois des territoires qui composaient la Grèce à l'époque et est commandée par le roi Agamemnon.

Hector ne veut pas entendre parler d'une nouvelle guerre et maintient que ses troupes ont bien besoin de profiter d'un peu de paix. Les femmes sont bien de son avis, telles que Cassandre, Hécube et Andromaque, son épouse, qui plus est attend un nouvel enfant qu'elle suppose être un fils. Mais même le roi Priam, père d'Hector, ne souhaite pas refermer les portes de la guerre, pas plus que Démokos président du sénat. Chaque parti va défendre ses opinions avec acharnement, mais Hector ne change pas d'avis.

Il fait venir Pâris et obtient l'accord de celui-ci pour tenter de convaincre Hélène d'accepter d'être rendue aux Grecs. Elle accepte, mais sans conviction aucune, car elle prétend qu'elle ne voit pas, dans ses rêves, que cela pourrait se réaliser. Quant à Demokos, il refuse une telle solution prétendant qu'elle est indigne de l'honneur des Troyens. Il fait même venir un spécialiste des relations internationales qui explique à Hector que les Grecs ont commis de graves infractions aux lois internationales vis-à-vis des Troyens. D'ailleurs, ils les ont déjà commises contre d'autres villes auparavant. Quant Hector demande ce que ces villes ont fait, il répond qu'elles ont déclaré la guerre aux Grecs. Il demande alors ce qu'elles sont devenues et l'expert répond qu'elles ont été rasées...

Demokos prétend aussi qu'Hélène et sa beauté appartiennent dorénavant aux Troyens et il assure que le peuple n'acceptera plus de s'en séparer. En attendant, la flotte grecque arrive et envoie un émissaire. L'ensemble de la population troyenne est d'avis de ne même pas le recevoir, mais Hector envoie des troupes pour assurer sa sécurité dès qu'il posera les pieds sur la plage de Troie. En attendant, ses ordres restent clairs : on fermera les portes de la guerre !

Heureusement, l'envoyé des Grecs est Ulysse, intelligent s'il en est. Cela n'empêche que le dialogue s'avérera très difficile de par l'intervention régulière des bellicistes. Ulysse commence par réclamer le retour d'Hélène, persuadé qu'il est de ne pas l'obtenir. Sa surprise sera grande quand il entendra sa demande acceptée et Hélène présentée. Mais les Grecs veulent la guerre et il trouve très vite la parade : il ne peut l'accepter que si elle lui était rendue dans l'état où elle a été prise. Là, il est certain de remporter l'affaire !... Eh bien, non !... Hector lui garantit qu'elle n'a pas été touchée par Pâris, ni pendant le voyage, ni pendant son séjour à Troie !... Ulysse n'en croit pas un mot et se fait une joie de dire que cela ne ressemble en rien à la réputation des Troyens... Pâris serait-il impuissant devant une femme comme il n'en existe pas deux ?... Impossible !... Hector maintient son affirmation et arrive à contenir Pâris qui bout de colère à côté de lui. Mais il va être trahi par les matelots du navire qui a transporté les deux amants. Ils affirment avoir tout vu et que ce qu'ils ont vu ne ressemblait en rien à des amours platoniques !... Hector est mal, mais ne renonce pas. De son côté Ulysse fait remarquer que la guerre sera très difficile à éviter, même avec le retour d'Hélène et ce mensonge énorme.

En effet, Troie montre beaucoup trop d'or sur ses temples et tout le monde sait à quel point la ville est riche. Mais il va finir par s'engager envers Hector à tenter la négociation avec les Grecs. Il s'estime assez persuasif que pour peut-être y arriver. Il quitte donc Troie avec Hélène et marche vers les navires de la flotte grecque. Mais Oiax, un grec qui l'accompagnait, va rester un peu en arrière et va gifler Hector. Celui-ci restera stoïque et ne bougera pas plus quand Oiax déclarera qu'il ferait bien sienne d'Andro-maque, sa femme. Le sénateur troyen Demokos, sénateur belliciste s'il en est et amoureux de la beauté d'Hélène, se met à hurler qu'Hector a été giflé par le Grec. Hector lui enjoint à plusieurs reprises de se taire, mais il n'en fait rien. Alors, Hector le transperce de son javelot. La situation devient immédiatement pire, car Demokos hurle qu'il a été tué par le Grec Oiax. La tentative de médiation d'Ulysse est condamnée et la guerre éclate à la plus grande joie des Troyens, mais aussi des Grecs.

III. LE CONTEXTE

Il convient de tenir compte du fait que Giraudoux a écrit cette pièce en 1935, c'est-à-dire à une époque où ses craintes face au nazisme grandis-saient. En tant que diplomate il connaissait bien la situation en Allemagne, ainsi que les très dures conditions de paix qui avaient été imposées à celle-ci après la guerre 14/18. Il connaissait ses désirs de revanche qu'Hitler ne faisait qu'attiser. Autant les Français étaient partis à la guerre fleur au fusil pour l'Alsace Lorraine en 14, autant l'Allemagne voulait se venger aujourd'hui. Il voyait aussi sa puissance en armement croître à grande vitesse !

En tant que diplomate, Giraudoux connaissait également l'Histoire. Et il s'en est servi ! Après l'assassinat de l'Archiduc d'Autriche à Sarajevo en

1914, la principale raison du déclenchement de la guerre mondiale a été la mobilisation russe. Cela étonnera certains, mais j'ai appris cela lors de mes cours d'histoire diplomatique à l'université. Le problème aurait pu se limiter à une répression autrichienne à Sarajevo. Mais la Russie, de crainte d'être prise de court en cas de conflit, a déclaré la mobilisation générale. En effet, vu la taille de son territoire, il lui fallait pas mal de temps pour rassembler ses troupes. Devant cet état de fait, l'Allemagne et l'Autriche en ont fait de même. Elles ont, aussi sec, été suivies par la France et l'Angleterre. Le mécanisme de la guerre globale était en route et il devenait très difficile de l'arrêter. Il en est souvent ainsi entre les peuples. Quand la situation est très tendue, il suffit d'un rien pour mettre le feu aux poudres.

Alors qu'Ulysse rentre avec Hélène, Demokos, en accusant un Grec de l'avoir assassiné, a rendu la paix impossible. Et cela d'autant plus que les Grecs ne pensaient qu'aux trésors de Troie. Il convient également d'avouer que si les Grecs avaient vraiment voulu éviter une guerre pour Hélène, ils n'auraient pas rassemblé toute une flotte et navigué vers Troie sans avoir envoyé un messager tel qu'Ulysse au préalable. En se présentant en force devant la ville, ils savaient que les Troyens n'allaient pas se laisser traiter de lâche devant l'Histoire.

La guerre était donc, malgré les efforts d'Hector, quasiment impossible à éviter.

Il me semble utile de souligner que ceci fait aussi partie des idées défendues par Giraudoux dans cette pièce.

IV. LES IDÉES

La guerre était bien sûr inévitable, car les deux peuples la voulaient. L'un par amour-propre (les Troyens) et les autres par cupidité (les Grecs)

Notez également le très court passage des dieux dans cette histoire. Il est important de souligner que ceux-ci étaient les mêmes pour les deux parties. Aphrodite estime évidemment que l'amour mérite une guerre. Par contre, Athéna, déesse de l'intelligence et d'Athènes (et même de la guerre), souhaiterait que la raison finisse par diriger tout cela. Elle plaiderait donc en faveur de la paix. Et Zeus, appelé en arbitre, se lave plutôt les mains de tout cela.

Il est étonnant qu'à plusieurs reprises, Priam, Hector ou Demokos vont jusqu'à dire que les survivants d'une bataille sont les lâches qui se sont mis à l'abri ne fut ce qu'un petit instant !...

Bien sûr les femmes sont en faveur de la paix. Elles viennent seulement de retrouver leur mari rentrant d'une guerre. Quant à Andromaque elle va bientôt accoucher. Et Cassandre devine ce qui finira par arriver. La petite Polyxène choisit cependant qu'Hélène reste, mais c'est parce qu'elle l'aime beaucoup et qu'elle ne sait pas ce qu'est la guerre et la mort.

Hector s'oppose à ses proches, même à son père, parce qu'il ne veut pas la guerre. Il est pourtant le meilleur et le plus courageux guerrier de Troie. Il se doute de l'issue du combat et ne comprend pas pourquoi il devrait engager l'avenir de la ville et de tout son peuple pour une femme dont son frère serait amoureux ! C'est aussi au vu de son courage bien connu qu'il peut se permettre de s'opposer à cette guerre. Tout le monde sait que ce n'est pas par lâcheté !

Andromaque finit par comprendre que la guerre est inévitable et elle supplie Hélène de lui dire qu'elle est vraiment amoureuse de Pâris. Elle voudrait au moins être certaine qu'aux yeux de l'Histoire, ce combat soit vraiment celui d'un véritable amour et non d'un simple caprice.

Elle a raison de poser cette question à Hélène, car, la plupart du temps, celle-ci nous apparaît comme perpétuellement dans les nuages. C'est un peu comme si tout cela ne la concernait pas. Elle accepte tout cde qu'on lui demande et sans jamais avoir d'opinions personnelles.

Pâris déclare vraiment aimer Hélène, mais ne semble pas autrement torturé par le fait que son comportement pourrait tuer bon nombre des siens et détruire sa ville.

Ulysse est tout à fait conforme à sa légende : il est intelligent et rusé. Il admet être capable de bien défendre l'une ou l'autre position. Mais à la différence d'Hector, il est aussi convaincu que les dés sont jetés dans cette affaire. C'est clair quand il dit de son entretien avec Hector : « C'est un duo avant l'orchestre. C'est le duo des récitants avant la guerre. Parce que nous avons été créés sensés, justes et courtois, nous nous parlons, une heure avant la guerre, comme nous nous parlerons longtemps après, en anciens combattants...... Mais l'univers le sait, nous allons nous battre. »

Et quand Hector lui demande : « Et nous sommes prêts pour la guerre grecque ? » il répond : « A un point incroyable... sans que nous nous en doutions, nous nous sommes élevés tous deux au niveau de notre guerre. »

Et d'avouer que les ors troyens sont bien trop visibles, que les greniers à blé sont bien trop remplis que pour ne pas pousser les Grecs à la guerre.

Cette phrase est toujours vraie, pour un particulier ou un état : « Il n'est pas très prudent d'avoir des dieux et des légumes trop dorés » (Oserais-je ici évoquer l'Irak et ses énormes réserves de pétrole ?...)

Et Cassandre de conclure en parlant de Demokos mort : « Le poète troyen est mort... La parole est au poète grec. » Comme si elle la passait à Homère pour son « Iliade »

- 9 -

V. LE STYLE

Giraudoux a un style très vif et direct, ses personnages ont des positions claires, sauf pour Hélène. Giraudoux affectionne d'utiliser les mythes antiques pour les adapter à des circonstances modernes. Giraudoux, dans l'ensemble de son œuvre, aime bousculer les anciennes habitudes au niveau du style. Il affectionne une certaine légèreté des choses comme du ton, bien que cela devienne moins le cas à partir de cette œuvre.

Dans la même collection en numérique

Les Misérables

Le messager d'Athènes

Candide

L'Etranger

Rhinocéros

Antigone

Le père Goriot

La Peste

Balzac et la petite tailleuse chinoise

Le Roi Arthur

L'Avare

Pierre et Jean

L'Homme qui a séduit le soleil

Alcools

L'Affaire Caïus

La gloire de mon père

L'Ordinatueur

Le médecin malgré lui

La rivière à l'envers - Tomek

Le Journal d'Anne Frank

Le monde perdu

Le royaume de Kensuké

Un Sac De Billes

Baby-sitter blues

Le fantôme de maître Guillemin

Trois contes

Kamo, l'agence Babel

Le Garçon en pyjama rayé

Les Contemplations

Escadrille 80

Inconnu à cette adresse

La controverse de Valladolid

Les Vilains petits canards

Une partie de campagne

Cahier d'un retour au pays natal

Dora Bruder

L'Enfant et la rivière

Moderato Cantabile

Alice au pays des merveilles

Le faucon déniché

Une vie

Chronique des Indiens Guayaki

Je voudrais que quelqu'un m'attende quelque part

La nuit de Valognes

Œdipe

Disparition Programmée

Education européenne

L'auberge rouge

L'Illiade

Le voyage de Monsieur Perrichon

Lucrèce Borgia

Paul et Virginie

Ursule Mirouët

Discours sur les fondements de l'inégalité

L'adversaire

La petite Fadette

La prochaine fois

Le blé en herbe

Le Mystère de la Chambre Jaune

Les Hauts des Hurlevent

Les perses

Mondo et autres histoires

Vingt mille lieues sous les mers

99 francs

Arria Marcella

Chante Luna

Emile, ou de l'éducation

Histoires extraordinaires

L'homme invisible

La bibliothécaire

La cicatrice

La croix des pauvres

La fille du capitaine

Le Crime de l'Orient-Express

Le Faucon malté

Le hussard sur le toit

Le Livre dont vous êtes la victime

Les cinq écus de Bretagne

No pasarán, le jeu

Quand j'avais cinq ans je m'ai tué

Si tu veux être mon amie

Tristan et Iseult

Une bouteille dans la mer de Gaza

Cent ans de solitude

Contes à l'envers

Contes et nouvelles en vers

Dalva

Jean de Florette

L'homme qui voulait être heureux

L'île mystérieuse

La Dame aux camélias

La petite sirène

La planète des singes

La Religieuse

1984 A l'Ouest rien de nouveau

Aliocha

Andromaque

Au bonheur des dames

Bel ami

Bérénice

Caligula

Cannibale

Carmen

Chronique d'une mort annoncée

Contes des frères Grimm

Cyrano de Bergerac

Des souris et des hommes

Deux ans de vacances

Dom Juan

Electre

En attendant Godot

Enfance

Eugénie Grandet

Fahrenheit 451

Fin de partie

Frankenstein

Gargantua

Germinal

Hamlet

Horace

Huis Clos

Jacques le fataliste

Jane Eyre

Knock

L'homme qui rit

La Bête humaine

La Cantatrice Chauve

La chartreuse de Parme

La cousine Bette

La Curée

La Farce de Maitre Pathelin

La ferme des animaux

La guerre de Troie n'aura pas lieu

La leçon

La Machine Infernale

La métamorphose

La mort du roi Tsongor

La nuit des temps

La nuit du renard

La Parure

La peau de chagrin

La Petite Fille de Monsieur Linh

La Photo qui tue

La Plage d'Ostende

La princesse de Clèves

La promesse de l'aube

La Vénus d'Ille

La vie devant soi

L'alchimiste

L'Amant

L'Ami retrouvé

L'appel de la forêt

L'assassin habite au 21

L'assommoir

L'attentat

L'attrape-coeurs

Le Bal

Le Barbier de Séville

Le Bourgeois Gentilhomme

Le Capitaine Fracasse

Le chat noir

Le chien des Baskerville

Le Cid

Le Colonel Chabert

Le Comte de Monte-Cristo

Le dernier jour d'un condamné

Le diable au corps

Le Grand Meaulnes

Le Grand Troupeau

Le Horla

Le jeu de l'amour et du hasard

Le Joueur d'échecs

Le Lion

Le liseur

Le malade imaginaire

Le Mariage de Figaro

Le meilleur des mondes

Le Monde comme il va

Le Parfum

Le Passeur

Le Petit Prince

Le pianiste

Le Prince

Le Roman de la momie

Le Roman de Renart

Le Rouge et le Noir

Le Soleil des Scortas

Le Tartuffe

Le vieux qui lisait des romans d'amour

L'Ecole des Femmes

L'Ecume Des Jours

Les Bonnes

Les Caprices de Marianne

Les cerfs-volants de Kaboul

Les contes de la Bécasse

Les dix petits nègres

Les femmes savantes

Les fourberies de Scapin

Les Justes

Les Lettres Persanes

Les liaisons dangereuses

Les Métamorphoses

Les Mouches

Les Trois mousquetaires

L'étrange cas du Dr Jekyll et de Mr Hyde

L'Ile Au Trésor

L'île des esclaves

L'illusion comique

L'Ingénu

L'Odyssée

L'Ombre du vent

Lorenzaccio

Madame Bovary

Manon Lescaut

Micromégas

Mon ami Frédéric

Mon bel oranger

Nana

Ne tirez pas sur l'oiseau moqueur

Notre-Dame de Paris

Oliver twist

On ne badine pas avec l'amour

Oscar et la dame rose

Pantagruel

Le Misanthrope

Perceval ou le conte du Graal

Phèdre

Ravage

Roméo et Juliette

Ruy Blas

Sa Majesté des Mouches

Si c'est un homme

Stupeur et tremblements

Supplément au voyage de Bougainville

Tanguy

Thérèse Desqueyroux

Thérèse Raquin

Ubu Roi

Un Barrage contre le Pacifique

Un long dimanche de fiançailles

Un secret

Vendredi ou la vie sauvage

Vipère au poing

Voyage au bout de la nuit

Voyage au centre de la terre

Yvain ou le Chevalier au lion

Zadig

À propos de la collection

La série FichesdeLecture.com offre des contenus éducatifs aux étudiants et aux professeurs tels que : des résumés, des analyses littéraires, des questionnaires et des commentaires sur la littérature moderne et classique. Nos documents sont prévus comme des compléments à la lecture des oeuvres originales et aide les étudiants à comprendre la littérature.

Fondé en 2001, notre site FichesdeLectures.com s'est développé très rapidement et propose désormais plus de 2500 documents directement téléchargeables en ligne, devenant ainsi le premier site d'analyses littéraires en ligne de langue française.

FichesdeLecture est partenaire du Ministère de l'Education du Luxembourg depuis 2009.

Plus d'informations sur www.fichesdelecture.com

ISBN: 978-2-511-02910-7

Notes :